Isabelle D

la courte échelle

D1164447

Les éditions la courte échelle inc.
Montréal • Toronto • Paris

Gilles Gauthier

Né le 19 janvier 1943 à Montréal, Gilles Gauthier a surtout écrit du théâtre pour enfants: *On n'est pas des enfants d'école* (1979) avec le Théâtre de la Marmaille, *Je suis un ours!* (1982) d'après un album de Jörg Müller et Jörg Steiner, *Comment devenir parfait en trois jours* (1986) d'après une histoire de Stephen Manes. Ses pièces ont été présentées dans de nombreux festivals internationaux (Toronto, Vancouver, Lyon, Bruxelles, Berlin) et ont été traduites en langue anglaise.

Il prépare une nouvelle pièce de théâtre, la suite des aventures de Carl et Babouche, de même qu'une série de dessins animés pour Radio-Québec.

Gilles Gauthier rêve aussi depuis fort longtemps de mille chansons pour petits et grands.

Pierre-André Derome

Pierre-André Derome est né en 1952. Après ses études en design graphique, il a travaillé quelques années à l'ONF où il a conçu plusieurs affiches de films et illustré le diaporama *La chasse-galerie*. Par la suite, il a été directeur artistique pour une maison de graphisme publicitaire.

Depuis 1985, il collabore étroitement avec la courte échelle puisque c'est son bureau, Derome design, qui signe la conception graphique des produits de la maison d'édition.

Ne touchez pas à ma Babouche est le premier roman qu'il illustre. Mais il n'est pas du genre à reculer devant les défis, pas plus que devant les chiens... s'ils ne sont pas trop gros!

Les éditions la courte échelle inc.
5243, boul. Saint-Laurent
Montréal (Québec) H2T 1S4

Conception graphique:
Derome design inc.

Révision des textes:
Odette Lord

Dépôt légal, 3ᵉ trimestre 1988
Bibliothèque nationale du Québec

Données de catalogage avant publication (Canada)

Gauthier, Gilles, 1943-

   Ne touchez pas à ma Babouche

   (Premier roman ; 3)
   Pour les jeunes.

   ISBN 2-89021-083-9

   I. Derome, Pierre-André. II. Titre. III. Collection

PS8563.A98N47 1988   jC843'.54   C88-096244-5
PS9563.A98N47 1988
PZ23.G38Ne 1988

Gilles Gauthier

Ne touchez pas à ma Babouche

Illustrations
de Pierre-André Derome

1
Quand ma chienne est là, les chats dansent

Tiens! Babouche qui rêve encore.

Je suis certain qu'elle croit avoir aperçu son voisin. Regardez comme son coeur bat vite. On dirait un moteur de tondeuse. Doucement, Babouche, c'est rien qu'un chat!

Regardez. Regardez-lui les pattes. Regardez-les aller. Le chat vient sûrement de bouger.

Elle court. Elle est essoufflée. Elle essaie de japper, mais il ne sort qu'un petit bruit de sa gueule. Comme une plainte.

Ça m'arrive souvent, moi aussi, dans mes rêves. Pas d'essayer de japper, mais d'essayer de parler et de ne pas en être capable. C'est surtout quand j'ai peur.

Ma chienne n'a pas l'air d'avoir peur. Elle n'arrête pas de courir. Ses pattes bougent, par petits coups secs. Comme l'oiseau que j'avais vu mourir, qui était venu se frapper dans la grande fenêtre du salon. Ses pattes bougeaient comme ça, lui aussi, par secousses.

Mais Babouche, elle, elle n'est pas à la veille de mourir. Elle a presque le même âge que moi. Neuf ans.

Neuf ans de chienne, par exemple. Il paraît que ça fait… neuf fois sept… soixante-deux… non… soixante-trois ans, dans nos années à nous.

Moi, je n'y crois pas. Babouche est comme moi, elle veut toujours jouer.

Ah non! Elle s'est arrêtée et je n'ai pas vu comment son rêve a fini. Mais je pense que je le sais, de toute façon.

Elle est arrivée en hurlant devant le chat qui n'a même pas bronché. Tigris (c'est le nom du gros chat noir des Marleau) a simplement dû faire «ssshhh» en sortant ses griffes. Il a mis son dos en fer à cheval, comme tous les chats qui font les durs.

Et Babouche a viré de bord et est rentrée directement à la maison. Tête basse, comme d'habitude!

C'est en plein ça. Regardez-la maintenant. On jurerait qu'elle a honte.

Elle ressemble à un vieux chien de peluche délavé, la peau du cou toute mottonneuse, toute plissée comme un manteau de fourrure trop grand. Elle ne bouge plus d'un poil, le museau quasiment rentré sous le tapis.

Ma bergère allemande vient encore de faire rire d'elle!

2
Pour les mouffettes, elle est parfaite

Aujourd'hui, toute la classe a ri de moi. À cause de Babouche. Et de Gary qui est encore arrivé en retard à l'école.

En rentrant dans la classe, Gary s'est pincé le nez et a crié à Gisèle, le professeur d'arts plastiques: «Pas encore la mouffette!» Et tout le monde a ri. Même Gisèle qui se mordait les lèvres pour se retenir.

Tout le monde a ri parce qu'on venait juste de finir d'en parler. Et que j'avais été obligé d'avouer que c'est encore à cause de moi que ça sentait. Ou plutôt à cause de ma chienne.

C'est évident que je sens la mouffette! Tout sent la mouffette chez nous. Les fauteuils, les tapis, nos vêtements. Même les sandwichs dans mes lunchs.

C'est comme si je me promenais avec une mouffette dans mes poches. Nicole a beau laver, désinfecter, aérer, ça me suit partout.

Gary, lui, il est content de son coup. Il ne manque pas une occasion de me faire avoir l'air fou.

Et tout ça à cause de qui, vous pensez? À cause d'une chienne qui n'est même pas assez intelligente pour faire la différence entre une petite mouffette toute plate et un gros chat de gouttière noir et blanc!

Je vais lui acheter des lunettes, si ça continue. Ou bien des longues-vues.

Ça pue assez une mouffette, il me semble, pour qu'une chienne la sente! Tout le monde à l'école me sent, moi, et je n'ai jamais vu une mouffette, même de loin!

Mais ma chienne, elle, on dirait qu'elle a des bouchons dans le nez.

Figurez-vous que ce n'est pas la première fois qu'elle se fait parfumer, madame. Même pas la deuxième. C'est son troisième shampooing à la mouffette. Dans les quatre dernières années.

Trois fois, l'opération jus de tomate!

La chienne dans le bain, avec un déluge de jus de tomate sur la tête, sur la queue, un peu partout. Un vrai film d'horreur.

Peut-être bien qu'elle aime ça, les films d'horreur? Avec elle, on ne sait jamais.

En tout cas, moi, avec les mouffettes du petit bois, j'en ferais un film d'horreur. J'éliminerais ça assez vite de la circulation, moi, ces bêtes-là. Avec un rouleau compresseur s'il le faut.

Finies les lignes blanches qui se promènent au milieu de la rue en arrosant tout le monde! Je le viderais rien que d'un coup, moi, leur flacon de parfum!

3
Dans la nuit, une amie

— Réveille-toi, Babouche, il faut que je te parle.

Je le sais, je le sais qu'il est minuit passé et que c'est l'heure de dormir. Mais il faut absolument que je te parle.

Non, non. Ne fais pas semblant que tes paupières pèsent trois tonnes. Je la connais, celle-là. Vite. Ouvre tes yeux. Ça ne sera pas long, je te le promets.

Je veux juste te parler de mon école.

C'est ça. Elle est fine, ma Babouche. Elle est gentille. Et maintenant, elle écoute.

Et ARRÊTE DE BÂILLER!

Comme tu sais, à l'école, ça ne va pas trop bien. Les notes, les devoirs. Mais ça, vois-tu, je suis habitué maintenant, ça ne me fait plus grand-chose. Ce que je trouve pas mal plus dur, par exemple, c'est le reste.

Même quand je ne sens pas la mouffette (grâce à toi), on dirait que personne ne veut me voir. Je ne sais pas pourquoi mais je me retrouve toujours tout seul.

Gary, lui, il n'est pas meilleur que moi en classe et pourtant, les gens se battent pour être avec lui. Il fait le bouffon, il fait le fanfaron et tout le monde le suit.

Moi, c'est le contraire. Personne ne veut de moi dans son équipe. Ni en classe, ni dans les

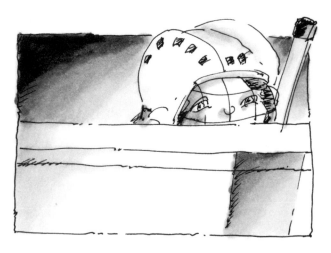

sports, nulle part. Il faut dire que je ne suis pas fameux dans les sports non plus. Au hockey, ils m'appellent «La poche». Gary surtout.

Et aujourd'hui, Gary…

Hé! la chienne, tu ne m'écoutes pas! Arrête de bâiller, je t'ai dit. Ferme ta grande trappe et ouvre tes oreilles à la place.

Je t'écoute, moi, quand tu jappes comme une déchaînée pour que j'aille te promener!

Quand tu trembles comme une feuille parce que Nicole te lave à l'eau froide sur la pelouse avec le boyau d'arrosage, je t'encourage, moi!

Alors ne fais pas l'endormie et écoute-moi. C'est important, ce que j'ai à te conter.

Sais-tu ce que Gary a dit au-jourd'hui? Dans la cour, devant Sébastien, Anne-Marie et tout plein de monde. Il a dit que je pissais dans mes culottes rien qu'à le voir.

Tu peux bien te retrousser les oreilles!

Et sais-tu ce que j'ai fait, moi, quand il m'a dit ça? J'ai fait la même chose que toi quand les chats te font passer pour une folle. La même affaire.

Je n'ai pas sauté dessus. Je ne lui ai pas crié: «Tu ne me fais pas peur et je vais te le montrer, moi!» Je ne l'ai pas mordu à mort. Non.

Je n'ai rien fait. Je n'ai rien dit. Je suis allé m'enfermer dans les toilettes et j'ai pleuré.

Je te ressemble, Babouche.

Je n'aime pas ça me battre. Ni pour arriver premier, ni pour montrer aux autres que je suis le plus fort.

D'autant plus que je suis bien loin d'être le plus fort! Et que je ne serai jamais un premier de classe de ma vie!

Mais même si j'étais fort, même si j'étais l'homme le plus fort du monde, dans le livre des records, je suis certain que je ne me battrais pas. Parce que moi, je pense que…

Tu ne m'écoutes pas. Tu as les deux yeux complètement fermés. Tu dors, Babouche.

Au fond, c'est peut-être toi qui as raison! Ce n'est pas si important que ça, après tout, ce

que Gary a dit. Il raconte n'im-
porte quoi de toute façon. Ça
l'amuse de faire mal aux autres.

Viens. Viens ici, ma vieille
bête puante. Colle-toi sur mes
jambes, ici. Comme ça.

Maintenant, tu peux fermer
les yeux.

Quand on est ensemble, il n'y
a pas un chat au monde qui peut
nous faire mal.

Ni à toi, ni à moi.

4
Qui a peur des voleurs?

— Réveille-toi, Babouche. Réveille-toi. Il y a quelqu'un dans la cuisine et ce n'est pas Nicole, j'en suis sûr.

Écoute. Écoute. Tiens! As-tu entendu?

Non, non. Je ne t'ai pas réveillée pour que tu jappes. Si tu jappes, il va venir ici.

Tais-toi. Chut! Tranquille!

Je le sais que tu es une bergère

allemande et que le voleur ne te fait pas peur, mais… moi, il me fait peur. Et je ne veux pas le voir apparaître dans ma chambre. Alors, tais-toi.

Écoute.

Il a l'air de fouiller dans la soupière sur le buffet. Il doit savoir que Nicole cache l'argent de l'épicerie là-dedans.

Pourvu que Nicole ne se réveille pas. On ne sait jamais. L'autre jour, dans le journal, il y a un voleur qui s'est fait surprendre comme ça et puis…

Dors, Nicole. Dors. Tu n'entends absolument rien.

Et toi, la chienne, couchez!

Il faut que tu comprennes, Babouche. Ce gars-là, on ne sait pas qui c'est. S'il t'entend bouger, il peut s'énerver.

Moi, j'ai juste toi. Toi et Nicole. Je n'ai pas envie de vous perdre tous les deux.

Je n'ai pas envie de disparaî-
tre non plus!

Laisse-le faire. Laisse-le voler
à son goût. Il ne peut quand
même pas partir avec la maison.
On est mieux de manger un peu
moins la semaine prochaine et
de finir la nuit avec tous nos
morceaux.

De toute façon, je te garantis
qu'il ne te le volera pas, ton plat
de graines!

5
Babouche est un génie

Ça fait deux bonnes minutes que je n'entends plus rien. J'ai l'impression que le voleur est parti.

Babouche, elle, en tout cas, elle est rendue loin. Regardez-moi ça! On dirait qu'elle rit en dormant. On dirait qu'elle rit de moi parce que j'ai peur.

Pauvre Babouche!

On ne peut plus se fier à elle.

C'est tout juste si elle m'entend quand je lui siffle de toutes mes forces dans les oreilles. Imaginez un voleur!

Elle ne voit presque rien non plus. Quand je lui lance des biscuits, elle passe à côté neuf fois sur dix.

Objets volants non identifiés!

Elle les reçoit sur la tête, dans un oeil, partout sauf dans la gueule. Sinon un de temps en temps, par hasard! Elle a comme des peaux qui se forment sur ses yeux.

Pour le moment, elle m'empêche seulement de savoir si le voleur est réellement disparu. Elle respire comme une souffleuse!

Je crois qu'il est sorti par la porte d'en arrière. C'est sûrement ça. Il n'y a plus aucun bruit. À part les râlements de Babouche.

Notre voleur est parti, ma belle. Il n'est pas venu dans la chambre et on est vivants. Moi, toi, Nicole, on est tous encore en vie.

Et après ça, on dira que tu

n'es pas intelligente!

Seule une chienne supérieurement intelligente peut comprendre qu'il ne faut pas japper quand il y a un voleur dans une maison. Et tu n'as même pas fait un petit «wouf».

Viens ici. Viens ici que je t'embrasse, mon génie.

Ouache!

Je pense que je viens d'embrasser une mouffette déguisée!

6
Les policiers
n'ont aucun flair

— Carl, tu veux aller dans ta chambre quelques minutes. J'ai besoin de parler aux messieurs de la police en privé.

— Je sais bien pourquoi Nicole nous a envoyés dans ma chambre, toi et moi.

Tiens! Écoute les policiers rire. Ils rient de toi. De toi et de tes amies les mouffettes, je suppose.

Mais laisse-les faire. Laisse-les rire avec leurs gros rires carrés. Ils se pensent fins mais il y a bien des choses qui les dépassent.

«Messieurs de la police, ma chienne a tout entendu, tout compris, si vous voulez le savoir. Elle a tellement tout compris qu'elle est restée avec moi, dans ma chambre, quand elle aurait pu sauter à la gorge du voleur et le déchiqueter en petits morceaux.

«Elle a préféré rester près de son maître, quitte à passer pour une vieille chienne finie.

«C'est ça que vous ne soupçonnez même pas, messieurs de la police. Et que je ne vous dirai jamais, parce que je suis certain que vous ne me croiriez pas si je vous le disais.»

Nicole, elle, ce n'est pas la même chose.

Elle ne veut pas me faire de peine. Elle pense que tu n'en as plus pour tellement longtemps à vivre et elle sait que je t'aime. Elle a voulu me ménager devant les policiers.

Mais Nicole se trompe, ma Babouche. Il y a bien des choses qui lui échappent, elle aussi. On a nos petits secrets, nous deux.

Nicole ne sait pas encore que c'est toi qui lui as sauvé la vie en ne jappant pas cette nuit.

Ne t'en fais pas. Je vais lui parler, moi, à Nicole dès que les policiers seront partis. Je vais lui expliquer et je suis sûr qu'elle va comprendre.

Tant que je serai là, il n'y a personne qui va te mettre dehors d'ici, m'entends-tu?

Personne.

Même pas Nicole.

7
Comment
en parler à Nicole?

Je l'aime, Nicole.

Pas juste parce que c'est ma mère. Moi, je trouve qu'il y a des mères qui ne doivent pas être faciles à aimer. Il y en a qui crient, qui chicanent sans arrêt.

Pas Nicole. Nicole est douce. Elle ne parle jamais fort. Du moins, c'est très rare. Il faut vraiment que j'aie été super haïssable.

Souvent, elle me raconte des choses, des histoires de quand j'étais jeune.

Des histoires de quand papa était là.

C'est lui qui avait emmené Babouche à la maison. Elle avait seulement trois mois. Elle avait l'air d'une petite boule de poils noire.

Je le sais parce que je l'ai vue sur des diapositives. Elle n'était pas plus grosse que moi dans ce temps-là. Moi, j'étais bébé.

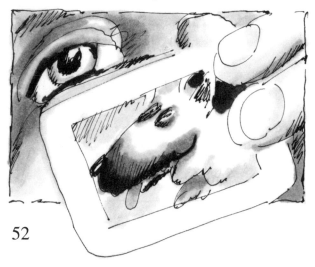

Papa avait emmené Babouche pour que j'aie quelqu'un avec qui jouer. Et souvent, on s'amusait tous les trois ensemble.

Moi, je lançais une balle et Babouche allait la chercher. Papa, lui, il allait chercher la balle quand Babouche se mettait à faire la comique et ne voulait plus bouger.

Là, c'est papa qui faisait le chien.

C'est lui aussi qui courait Babouche partout quand elle décidait de faire la tournée des poubelles, le mardi ou le vendredi.

Ces jours-là, si on avait le malheur de la sortir et de ne pas la surveiller, c'était immanquable. Elle prenait la rue et on ne

la voyait plus.

Papa était obligé de s'habiller en vitesse et d'essayer d'aller retracer madame avant que le camion de la fourrière passe et la ramasse.

En plein hiver, il ne la trouvait pas très drôle.

Parfois, elle revenait toute seule au bout de cinq, dix minutes, un vieil os rongé ou une autre cochonnerie dans la gueule.

Mais la plupart du temps, elle revenait en suivant l'auto de

papa, la langue longue, les oreilles basses, la queue entre les deux pattes.

Et puis papa a eu son accident. Sur la route de Québec. C'était glissant. Nicole dit qu'il a dérapé.

Depuis ce temps-là, Babouche est plus sage. Elle a l'air d'avoir compris, elle aussi, que papa ne serait plus jamais là pour la protéger, que c'était elle maintenant notre gardienne, à Nicole et à moi.

Et vu que c'est notre gardienne, pas question de la laisser partir.

Sauf que ça fait plusieurs fois que Nicole répète que Babouche vieillit.

Et là, avec l'histoire du voleur…

8
Tout le monde est heureux... ou presque

Ça y est! C'est réglé!

J'ai raconté à Nicole ce qui s'est passé cette nuit et pas question que Babouche s'en aille.

Nicole a compris que ce n'était pas la faute de Babouche si le voleur avait pu s'en tirer aussi facilement mais de la mienne. C'est moi qui ai retenu Babouche.

Nicole a tout compris, mais elle a dit que moi aussi, à un moment donné, il y a certaines choses qu'il va falloir que je comprenne. Concernant ma chienne.

«Pas question que Babouche parte de la maison», qu'elle a dit. «Pas question, tant que ce sera humainement possible.»

«Humainement possible», peut-être que ç'a l'air compliqué, ces mots-là, mais au fond c'est simple. Nicole me les a expliqués.

Ce que ça veut dire, c'est que Babouche va rester avec nous aussi longtemps qu'elle ne nous demandera pas des choses impossibles.

Ça ne posera pas de problème. Babouche n'a jamais été

exigeante.

Son bol d'eau, son plat de graines, quelques restes de table, la porte pour faire ses besoins, une petite marche de temps en temps, c'est tout ce qu'elle demande.

Et pour ce qui est des voleurs, moi et Nicole, on est arrivés à une entente. On va faire poser un système d'alarme.

Comme ça, si jamais un autre voleur se pointe le bout du nez, on va le savoir dans le temps de le dire.

J'en ai parlé à Babouche et elle ne semble pas tout à fait d'accord. Elle avait même l'air un peu choquée. Je pense qu'elle est insultée.

Ce qui me fait croire ça?

Depuis que je lui ai annoncé

la nouvelle, ça fait trois nuits de suite qu'elle se met à hurler comme une sirène chaque fois que je bouge un orteil en dormant!

Achevé d'imprimer
sur les presses des Ateliers des Sourds Montréal (1978) inc.